mariana paim

nasceu em Tanquinho, Bahia, em 1986. É poeta, professora, pesquisadora, militante feminista e atua na produção de projetos artísticos que visibilizam e disseminam o protagonismo das mulheres nas artes. Atualmente cursa o doutorado em Literatura e Cultura, na Universidade Federal da Bahia. Tem participado de diversas antologias e revistas, publicou o livro artesanal *serei_as: ou ensaio de um mergulho no âncora* (2019) e escreve ocasionalmente em www.medium.com/@marianapaim.

Foto: Ana Reis

LUGAR COMUM

MARIANA PAIM

editora Urutau
primeira edição
agosto de 2021

editora Urutau

rua maestro demétrio kipman, 210,
jardim américa, bragança paulista — sp,
12902-130, brasil

avenida peirao besada, 6 – 2D
36163 poio-pontevedra
(espanha)

[+34] 644 951 354 [espanha]
[+55] 11 9 4859 2 426 [brasil]

www.editoraurutau.com.br
contato@editoraurutau.com.br

[EDIÇÃO]
tiago fabris rendelli & wladimir vaz
[COORDENAÇÃO DE REVISÃO]
debora ribeiro rendelli
[REVISÃO]
juliana palermo
[CAPA]
victor h. azevedo
[DIAGRAMAÇÃO]
victor prado

dados internacionais de catalogação na publicação (CIP)
de acordo com ISBD

paim, mariana
P143l lugar comum / mariana paim. bragança paulista, sp: editora urutau, 2021.
64 p. ; 14 x 19,5cm.
ISBN 978-65-5900-150-7
1. literatura brasileira. 2. poesia. I. título.

CDD 869.1
2021-3593 CDU 821.134.3(81)-1
elaborado por vagner rodolfo da silva - CRB-8/9410

sumário

I
ausência

9 ilhas
11 ausência
12 *é sempre mais difícil*
13 pela primeira vez
14 *crueldade é silêncio*
15 cartografia inventada
16 *the lovers*
18 [s/ título]
19 (In) sinuosidade
20 caminho
21 saturno retrógrado
22 saturno está retrógrado
23 saturno está mesmo retrógrado

II
travessia

25 (d) o mar
26 às Anas
27 Lesbos
28 *permaneceremos juntas*
29 desejo
30 travessia
31 o amor é
33 *tua voz diz/faz*
34 há mar

III
contratempo

37 para amanhã
38 *tomo um chopp*
39 contratempo
41 *a casa da ilha*
42 *Cartografar distâncias*

IV
movimento

45 o não é a palavra mais selvagem
46 *não vamos nos conformar*
47 *uma lésbica não*
48 5 re-mixes sobre a recusa
54 *sentir o peso*
55 há poesia
56 *nossa luta*

59 [posfácio]
Desfiando afetos ou a arte de amolar palavras
Nívia Maria Vasconcellos

I

ausência

ilhas

depois de medirmos
a distância
                com as mãos
dois continentes
não separam
      mas antes
criam
um lugar
comum
em nós
e essa dificuldade
de dizer
aquilo que está
ali no meio
                  entre
tantas formas
que poderiam falar
disto
ou de todas as
palavras que talvez
não saibamos
para dizer

do mar
embora você não diga
nesse mundo
existem mais de
          seis
mil línguas
quantas delas
já morreram e
quantas
possibilidades de
mundo se perderam
com elas
em silêncio
como agora
que sinto
que dentro
de mim
tudo é
             ilha
e em você
também

ausência

teu sorriso aberto
em minha boca
teu cheiro pelos
cantos da casa
pela pele
em cada roupa
[uma dança anunciando a manhã

e agora
essa ausência
em minhas mãos

*

é sempre mais difícil
capturar uma palavra
em pleno voo

pela primeira vez

a primeira vez que vejo o peso
da fotografia sobre a mesa
é também a primeira vez que calculo
e penso que o tempo nunca
é a medida exata da saudade
mas desse espaço
cheio de lacunas
que ficaram entre nós
pela primeira vez penso
em dizer e
as palavras
lacrimejam

*

crueldade é silêncio
feito espera
nesses dias que correm
e não desenham caminhos
mas uma distância
áspera onde
quase não há
palavra que toque
nem poema
que atravesse
só tua
voz na tela
arranhando o vermelho
das horas vazando
beleza y ferocidade
como coisa viva
como quando você diz
choro, chove, ouve
qualquer coisa e eu
faço água
onde a ausência
pede um corpo
de passagem

cartografia inventada

pensa poder dizer: *a distância é uma cartografia inventada*
e espera tentar remover as lembranças
entre uma e outra palavra
que poderá ser lida
ou talvez não
saudade,

só

the lovers

hoje eu vi uma
fotografia branca,
                    [como essa página
nela um deserto de sal
preenchia todo o campo
não havia ninguém no horizonte
à vista
sem caminhos
apenas o branco do chão
refletido por todo o céu
talvez seja isso o que reste
o solo estéril
das perdas
em meio às travessias
os planos
os danos
comuns
a paisagem
um imenso vazio
todo branco
algumas vezes é preciso
cruzar a muralha da china

em outras talvez
o silêncio só
já diz
algo como um adeus

[s/ título]

quem é esta pixelada donzela
a que com olhos desiguais
parece fitar a mim
através da tela
será que esboça
um meio sorriso nos lábios
porque finge
não devolver o olhar
que a olha de volta
ou teme
pôr a descoberto os lábios
no meio do sorriso
será ela o que eu mesma
poderia ser agora
ou o que
há alguns instantes atrás já fui

(In) sinuosidade

transitam comigo
grafias de distintas cidades
cada rua é um risco
oferecendo a mim
[poeta sem nome]
acidentes
que
espero
— aconteçam!

caminho

ainda vagueio juntando o que ficou após a partida
e de mim
restam em pedaços: mapas, atalhos, viagens
cartografias de cidades imaginárias
e bússolas que sempre apontam duas ou mais direções
sigo sendo itinerário
procurando um outro caminho que me atravesse a cada estrada
me debruço entre constelações mortas
                                                  [vanilla sky
em um outro céu de ácido
vislumbrando palavras no vento
que dançam entre xamãs, sereias e serpentes
e embalam sinfonias
tecnopagãs
diante dos meus olhos desiguais
coleciono estrelas cadentes que surgem
nas manhãs pálidas de sol meio blue
e penso em Rimbaud
enquanto meus passos seguem a caminho de mais uma estação

saturno retrógrado

deve ser por isso
que precisei
subir dez lances
de escada para
me dar conta
de que me perdi
ou de que entrei
no ônibus que seguia
para o lado
oposto da cidade
acho que só
quando tentava
voltar a pé
para casa
percebi que
provavelmente
te procurava
deve ser mesmo
esse trânsito e não meu
pensamento
fixo em você

saturno está retrógrado

por isso
as perdas
a procura
as voltas
deve ser mesmo
esse trânsito que fixa
meu pensamento
em você

saturno está mesmo retrógrado

nada se resolve
nenhum poema
nem as tentativas de dizê-lo
ou de me desviar
de você

II

travessia

(d) o mar

o mar dançando em
nossos pés
teu cheiro roçando
em minha pele
um mergulho em
você que
também trans
borde em
mim
em nós um
corpo inteiro
de palavra fazendo
festa e abr
                indo caminhos

às Anas

Tenho uma noite à minha espera
e nenhum mudo convite
só
à espera
Espera que
em minha cama [nem branca ou limpa]
teu corpo possa
amanhecer
manhãs

Lesbos

Tua pele sob minhas unhas
o gosto do sexo na boca
                    [como em Lesbos
o gozo nos dedos
um corpo marcado a dentes
                    [com fogo, em algumas línguas
todos os músculos sedentos
o amor deve ser essas evidências
e sua impermanência, ela disse

*

permaneceremos juntas
no chão da sala
unindo nossos corpos
em um descompassado
gozo
enquanto
nossos silêncios
de outros nomes
ficam suspensos
numa pausa
estremecida

desejo

quero me colar no teu corpo
e silenciar entre os nossos lábios
o desejo
em cada frágil gesto
me dissipar no teu gosto
deglutindo-te
por inteiro

travessia

palavra
como
desejo
é
travessia

o amor é[1]

o amor é hiper quântico
o amor é maior que tudo
o amor é feito capim
o amor é mais que "eu te amo"
o amor é para a vida toda
o amor é fogo
o amor é fogo que arde
o amor é mesmo assim
o amor é mensagem
[para o dia dos namorados, celular, whatsapp,
facebook e tumblr com desenhos
o amor é outra coisa
o amor é deus
o amor é abrir mão
o amor é filme
o amor é quando encontramos
o amor é um cão
[dos diabos
o amor é concreto e abstrato
o amor é poesia

[1] Inspirado nas *googlagens* de Angélica Freitas, "o amor é" é uma colagem de frases realizada a partir do mecanismo de buscas do Google.

o amor é seu olhar
o amor é quem alimenta
o amor é egoísta
o amor é feito de paixão
o amor é uma droga
o amor é um acidente
[esperando para acontecer
o amor é lindo, em inglês
o amor é para os fortes
o amor é revolucionário
o amor é morto a cada instante
o amor é texto

*

tua voz diz/faz
distâncias
que-
                branto
em meu corpo
acalenta memórias
e se faz
                    chama
nessa pele
que em tudo ressoa
tua presença
                        ainda aqui
        em carne
viva

há mar

a
mar
o
mar
seja
maré
ou
margem
há
mar

III

contratempo

para amanhã

para amanhã
resolver
quando vou começar a encarar
de frente tudo
o que deixo
para amanhã
ainda sei que vou
tomar um pouco desse café
passado

*

tomo um chopp
e penso na Bishop do filme
pensando com espanto sobre o parapeito
de um prédio no centro
Rio 1964
ela, de lá poderia ver a praia
Copacabana, o horizonte 40° acima
os transeuntes, preto e branco, calçadão
mas lá, olhava e via com espanto
um bate bola na manhã
de um dia que durou 21 anos
tomo um chopp com espanto, aqui
enquanto vejo que poucos viam o mesmo
espetáculo na TV
fim de copa decido no placar
para honrar a família
a cada golpe, não ouço nenhum grito contra
ninguém a favor também ao redor
e eu penso naquela imagem do filme
e em quanto tempo essa noite ainda vai durar

contratempo

eu pensei que
quando estivéssemos
no futuro haveriam
carros planando
pelas ruas
                [que acima do horizonte
seriam uma outra
espécie de caminho
que estaríamos com
trajes prateados e
iríamos nos alimentar
com aquelas cápsulas
dos filmes de astronautas
norte-americanos
que tudo o que era
ficção estaria aqui
ao alcance das mãos e
que nossos problemas de
agora seriam curiosidade
de algum tipo de enciclopédia
do passado mas
nós que vivemos

cinco décadas ainda
hoje somos algo
como a versão de
umas três marias
tipicamente estranhas à
nova década de vinte e que
sabem que a despeito
do peso da inércia dos anos
a mudança
ainda
que lenta
sempre vem

*

a casa da ilha
resistiu quarenta verões
fincada na determinação da minha tia
em vencer a força do mar
e eu ainda me espanto
mas ela deve ter pensado que o tempo foi breve
quando viu do pátio as primeiras ondas
a dançar e avançar sobre seus pés

*

Cartografar distâncias
Estabelecer pontos
de contato
Fissurar a palavra
rente
à superfície
Respirar o cheiro da manhã
adormecida
Inverter trânsitos
Contrabandear tua caligrafia,
como eres mismo?
Entender que há espaço
para fuga e também para
o encontro
Acolher dores
Esvaecer o vazio
Aprender que a incerteza pode ser
raiz
Regar as plantas dos pés
[com o canto dos pardais
Reinventar cidades

Tramar insurreições

e ver
entre as ruínas dos dias
a coluna quebrada
de um outro
tempo

IV

movimento

o não é a palavra mais selvagem

reaprendo a ler todos
os dias e hoje
só sinto
pelo tempo
que foi de mim tirado
troquei os móveis
por espaço
não cozinho, lavo ou passo
e não divido contigo
nem a cama, só
durmo comigo, com
a Florbela Espanca e a Emily Dickinson
moro e acordo nas palavras
e sigo amolando-as feito faca
sendo o não a mais
afiada

*

não vamos nos conformar
às expectativas
não aceitaremos fazer parte
das estatísticas
não iremos acreditar
no não como resposta
nem lhes daremos
o luxo
de permanecer
em silêncio

*

uma lésbica não
quer ser homem não
quer ter unhas grandes
não quer beijar toda mulher
uma lésbica não
quer o seu fetiche não
quer temer e nem se
interessa em saber
o que os homens dizem
que ela quer

5 re-mixes sobre a recusa

I

Olho para o desvão dos dias
calculando em negativo
                                        [com afinco fanático
o instante em que não creia mais
no acúmulo
dos livros na estante
dos filmes, discos, lugares e listas de coisas intermináveis
que devo conhecer
de passado tudo, tão inútil agora, que guardamos
enquanto nos perdíamos
a sós
entre cidades
sem correspondência
ou endereço conhecido
e ainda reconhecendo assim
que creio
que acumulei demais
os nãos que ficaram entre dentes
e continuam a me rasgar feito pedra
embora me recuse
                                  [com a mesma alegria e ferocidade

a continuar me perdendo
no que já não me cabe mais nas mãos
ou no peito

II

Recuso todos
os nãos
que me inventaram
para caber nas
expectativas

III

Toda recusa é
uma forma
de [re]existência

IV

Recuso o que me é
posto
em oferta
e não pode ser composto
em demasia
Minha vida, amor
tem sido isto
uma procura incansável
pela tessitura de excessos
desfiando afeto
quando não posso perder a mim mesma
onde penso encontrá-lo

V

Escuta!
essa recusa
não está no tom
de escusa

*

sentir o peso
de cada palavra
e ainda assim
gritá-las
com dentes
memórias
e punhos
cerrados

há poesia

há poesia nos becos, nas sarjetas e na contramão
há poesia nos bêbados, nos arranha-céus e na boceta
há poesia no silêncio e nos alto-falantes, estéreis
há poesia nos artifícios, projéteis e nos corações partidos
há poesia no desdém, na desordem e nos vícios
há poesia
na palavra
mesmo quando a gente diz
não!

*

nossa luta
ainda vai
mover toda
essa dor

[posfácio]

DESFIANDO AFETOS
OU A ARTE DE AMOLAR PALAVRAS

Lugar comum, de Mariana Paim, concentra uma poética mobilizadora de afetos. Digo afeto enquanto poder ativo de afetar ou passivo de ser afetado, resultado de encontros que aumentam ou diminuem nossa capacidade de existir (vide Spinoza). No livro, o afeto apresenta-se por meio de um eu poético que performa a experiência de um corpo em transformação pela e na alteridade, como no poema que dá nome à primeira parte — *ausência* —, no qual o outro corpo se apresenta construído de lembranças que afetam:

teu sorriso aberto
em minha boca
teu cheiro pelos
cantos da casa
pela pele
em cada roupa
[uma dança anunciando a manhã

e agora
essa ausência
em minhas mãos

Antes, já no poema inaugural, "ilhas", um "você" aparece como uma potência desestabilizadora e permanece imanente nas demais composições da primeira parte, a qual é preenchida por distâncias, lacunas, saudades e esperas, substantivos que apontam a interdição, a impossibilidade de estar (de novo) com esse outro corpo.

Essa dificuldade do reencontro é reiteradamente trabalhada nos versos de "saturno retrógado", "saturno está retrógado" e "saturno está mesmo retrógado". Juntos, com uma leve dose de humor, eles formam estudos sobre "o pensamento fixo em você", uma espécie de tríptico sobre a afecção que um corpo sofre por um outro corpo, que o põe em movimento, como em:

> nada se resolve
> nenhum poema
> nem as tentativas de dizê-lo
> ou de me desviar
> de você

Essas três composições enunciam ainda sobre o exercício poético da procura pelas palavras para dizer, pela forma de dizer. Mostram a feitura do poema como um exercício com a vida e a linguagem, um processo de escrita e reescrita, uma tecitura que vai se formalizando à medida que a poeta vai desfiando seus afetos. Aliás, todo o livro é atravessado pelo esforço com as palavras, é marcado pelo difícil de capturá-las, o que faz a poeta buscá-las em outros escritos e recursos (metalinguagens, intertextualidades, *googlagens*, apropriações, remix, jogo de palavras), deixando-se afetar por leituras que chegam a ganhar nome (Rimbaud, Espanca,

Freitas, Dickinson) e por outras que são sentidas mesmo sem serem nomeadas (Safo, Ana C., Hilst, Plath).

Com versos que continuam experimentando possibilidades poéticas e pulsando contemporaneidade, a segunda parte do livro — *travessias* — mostra um eu ainda em movimento e, paradoxalmente, à espera de um corpo que "diz/faz distâncias". Em "(d) o mar", esse eu mostra-se afetado pela presença, mas o corpo, supostamente presente, é um "corpo inteiro de palavra". Nos demais poemas, o outro ganha mais feições e acaba por revelar a(s) interlocutora(s) ("às Anas"), a quem a poeta devota seu lirismo, afetado pelo desejo e pelo erotismo:

> [...]
> Espera que
> em minha cama [nem branca ou limpa]
> teu corpo possa
> amanhecer
> manhãs

O plural apresentado no título-dedicatória confunde quem o lê e tensiona o lirismo, provocando uma quebra na expectativa amorosa convencional, assim como o feminino do nome que fissura a expectativa predominante de uma heteronormatividade na interlocução poética, tão habitual na tradição lírica. O poema "Lesbos" intensifica essa rasura e o erotismo, explorando a poesia como possibilidade de subversão da ordem. A poeta é um sujeito que tanto conhece a causa de suas afecções quanto também afeta, é uma potência de mudanças. Em sua micropolítica dos afetos, o amor é vário e a "palavra como desejo é travessia".

A terceira parte — *contratempo* — começa com o adiamento, porém nos prova mesmo é que a espera não é inativa, até aquele que espera está em movimento. Se a casa da ilha resistiu quarenta verões à força do mar, mas um dia ruiu, com esforço e perseverança, transformações, mesmo as inimagináveis, são possíveis, "a mudança ainda que lenta sempre vem". Mariana, obliquamente, coloca-nos em contato com a esperança, numa abertura para a reinvenção, e acaba nos lembrando que ainda há tempo de "tramar insurreições".

E é justamente sobre não se conformar às expectativas que a última parte do livro — *movimento* — se debruça. Seu tema principal é o difícil e necessário exercício de dizer "não", "a palavra mais selvagem" que, muitas vezes, domesticada, fica se acumulando entre dentes, tanto que chega a transbordar como em "uma lésbica não/quer ser homem não/quer ter unhas grandes/não quer beijar toda mulher".

Mostrando toda a sua versatilidade enquanto poeta, Mariana, que já foi do prosaico ao lírico, lança mão de uma linguagem mais contundente, desgastando algumas camadas que a distanciam de quem a lê para colocar, em maior evidência, uma dimensão mais política sem abrir mão do trabalho estético. A poeta descansa a lira e amola as palavras. Há um tom mais altivo de quem, agora, não só compreende, mas também, a partir dessa consciência, repudia o que a afeta negativamente:

> Recuso todos
> os nãos
> que me inventaram
> para caber nas
> expectativas

[Re]existindo a partir dessa recusa, alguns versos incitam o levante e se aproximam de palavras de ordem, como se buscassem um efeito prático ao afetar quem os lê. De punhos cerrados e com as palavras afiadas, a poeta grita para que a escutem: "nossa luta/ ainda vai/mover toda/essa dor". Assim, Mariana doa-se ao outro em solidariedade e, com alegria e ferocidade, que aumentam nossa capacidade de agir, mostra-nos que existe algo que nos une, o poder de afetarmos e de sermos afetados. É o campo dos afetos a nossa praça pública. Esse é nosso lugar comum, assim como a poesia que há.

Nívia Maria Vasconcellos
poeta, ficcionista, letrista e declamadora. Entre outros livros, publicou *A paixão dos suicidas* (Selo João Ubaldo Ribeiro, Ano II/ FGM-SSA) e *Cãibra de Nó* (Prêmio Jorge Portugal, Funceb-BA). É doutora em Literatura e Cultura (UFBA) e desenvolve pesquisa na área de Literatura Brasileira, Teoria e Crítica Literária.

■ primeira edição
■ agosto de 2021